أرحمة

تأليف: عبد العزيز آل محمود
رسوم: حاتم علي

دار جامعة حمد بن خليفة للنشر
HAMAD BIN KHALIFA UNIVERSITY PRESS

في أواخِرِ القَرنِ الثَّامِنِ عَشَر، وفي بَلْدةٍ صَغيرةٍ تَقَعُ عَلى شَاطِئِ البَحرِ، عاشَ طِفلٌ صَغيرٌ اسمُهُ أرحمة مَعَ والِده ووالِدَته. وكانَ والِدُ أرحمة يَخرُجُ لِلغَوصِ بَحثًا عَنِ اللُّؤلُؤِ في فَصْلِ الشِّتاءِ، ويُسافِرُ لِلتِّجارةِ إلى بِلادٍ بَعيدةٍ خِلالَ فَصْلِ الصَّيفِ. وكانَ أرحمة يَرغَبُ في مُرافَقةِ والِدِه لِيُشاهِدَ البِلادَ البَعيدةَ التي يَتحَدَّثُ عَنها والِدُه دائمًا.
كَم مَلَلتُ الحَياةَ هُنا والجُلوسَ فِي المَنزلِ! لا بُدَّ أنْ أُبحِرَ مَع والِدي وأُسافِرَ! أُريدُ أنْ أرَى العَالَمَ!
طش!!

خُذنِي معكَ يا أبي! أُريدُ أنْ أُسافِرَ بَعِيدًا. أنا جَاهزٌ لِلعَملِ على السَّفِينةِ ولا أُريدُ البَقاءَ هُنا، لَقَد مَلَلتُ الدِّراسَةَ!

لا يا بُنَيَّ، عَليكَ أنْ تَبقَى هُنا لِتَدرُسَ وتَتعلَّمَ. ستُسافِرُ معي، لَكِنْ ليسَ الآنَ. هُناكَ أَشياءُ كَثيرةٌ يَجبُ أنْ تَتعلَّمها أولًا.

لَكِنِّي أُرِيدُ الذَّهابَ! أُرِيدُ أَنْ أُسافِرَ! أُرِيدُ أَنْ أُسافِرَ!

لا تَحزَنْ يا أرحمة، ستَتعلَّمُ الكَثيرَ مَعنا، ثُمَّ تُسافِرُ وتجُوبُ العالَمَ حِينَ تَكبَرُ.

طك!
لا أَحتاجُ إلى التعلُّمِ! أستَطيعُ أنْ أَفعَلَ كُلَّ ما يَفعلُهُ البحَّارةُ. لَقَد مَلَلتُ! أُريدُ السَّفرَ في البَحرِ معَ والِدي!

كانَ أرحمة غاضِبًا جدًّا. لِماذا يُصمِّمُ الجَميعُ عَلى أهمِّيةِ المَدرَسةِ؟! لِماذا هُمْ مُتَمسِّكونَ بِهَذهِ الأفكارِ القَديمَةِ؟! ولِماذا يَعتقدونَ أنَّ العِلمَ يُوجَدُ في المَدارسِ فَقَط؟!

أرحمة! لَقَد عُدْتَ مُبكِّرًا
مِنَ المَدرَسَةِ يا وَلدِي!
هَل أنتَ بِخَيرٍ؟
نَعَم يا أُمِّي، أنا بِخَيرٍ! أنا بِأفضلِ
حالٍ! أخيرًا فعلتُ ما كانَ عليَّ فِعلُهُ
مُنذُ فَترةٍ. لَقَد تركتُ المَدرَسَةَ وكُلَّ
مَن فِيها، بما في ذلكَ أَصدِقائي!
سأُريهِم أنَّ النوخذةَ المُميَّزَ لا يَحتاجُ
إلى المَدارسِ وتِلكَ الأشيَاءِ المُمِلَّةِ!
سَأصنعُ أَفضلَ سَفِينةٍ بِيدَيَّ!

وبَعدَ يَومَين...
يا وَلدِي، هَل لا زِلتَ مُصمِّمًا على البقاءِ في المَنزِلِ؟ لَقَد سَألَ عنكَ الشيخُ اليَومَ، وَطَلبَ مِنِّي أنْ أُخبرَكَ بِذلكَ.
يا أُمِّي، أنا أَستطِيعُ أنْ أكونَ أفضلَ نوخذةَ في العالَمِ، أنا أَعرِفُ أنِّي مَوهُوبٌ ولا حاجَةَ لي بِهَذهِ الدِّراسةِ الكَئِيبةِ! مَلَلتُ يا أُمِّي... مَلَلتُ!

في اليَومِ التَّالي...
لا تَخَف أيُّها الضَّبُّ، سَأجعَلُكَ صَدِيقي. لا أُرِيدُ أن ألَعَبَ معَ الأولادِ المُملِّينَ الذِينَ كانوا مَعِيَ في المَدرسَةِ!
!

سَتَرَونَ الآنَ مَن هوَ أَذكى نوخذةَ في العالَمِ! سَأُثبِتُ لَكُم أنِّي أَستَطِيعُ بِنَاءَ سَفِينةٍ سَليمةٍ بَعيدًا عنِ الدُّروسِ المُمِلَّةِ! أنا مَن سَيضحَكُ عَليكُم بَعدَ أنْ تُبحِرَ!

هههههههههههه!
أَرَأَيتَ يا أرحمة؟ أنتَ لا تَعرِفُ كُلَّ شَيءٍ
في العَالَمِ! لَقَد غَرِقَتْ سَفينَتُكَ! لَقَد
غَرِقَتْ سَفينَتُكَ!

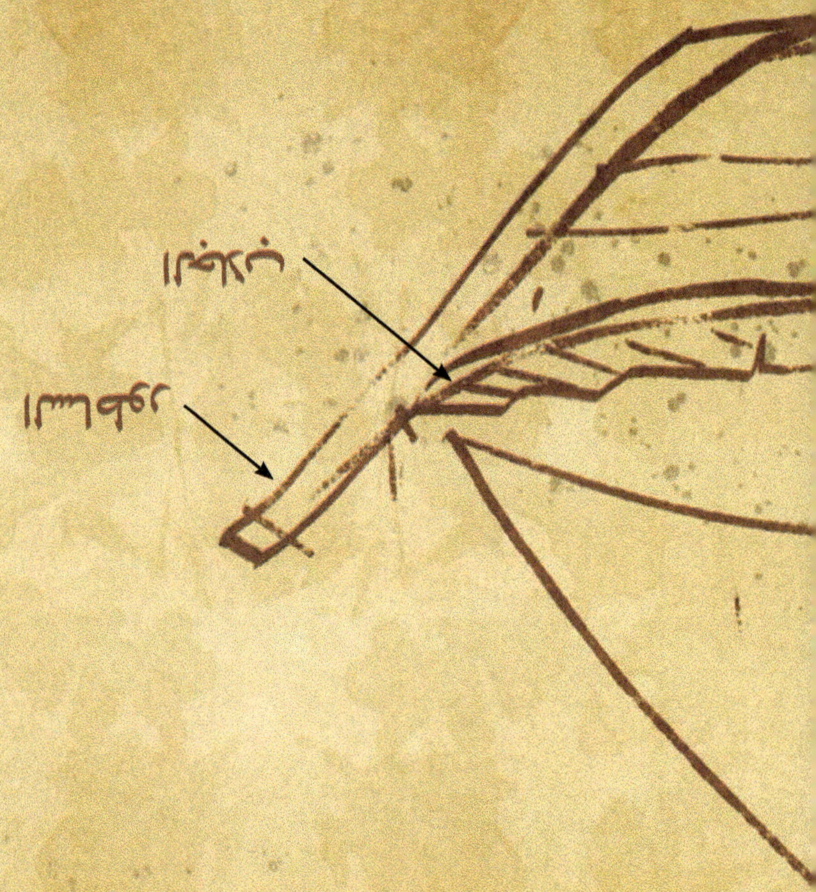

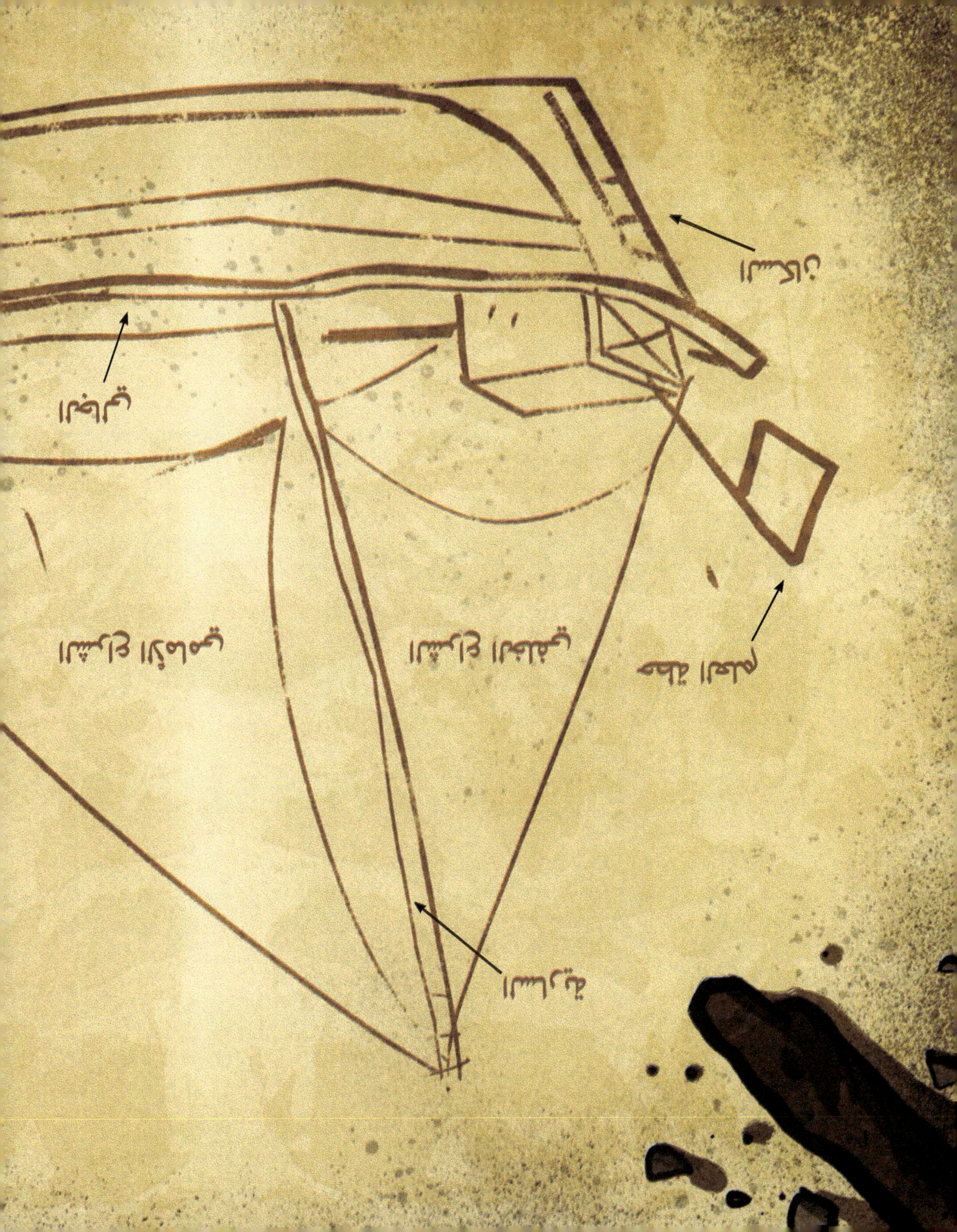

هُناكَ خَطأٌ في وَزنِ
السَّفِينةِ، لا بُدَّ أنْ أُحَرِّكَ
السَّارِيةَ لِيتَناسَبَ وَزنُها
مَعَ حَجمِ السَّفِينةِ.

عَرفَ أرحمة أخيرًا مَا يَنبَغي فِعلُهُ
لِتستَطِيعَ سَفِينتُهُ الصَّغِيرةُ أن تُبحِرَ.
فَبدَأَ يَعمَلُ...
ويَعمَلُ...
ويَعمَلُ.

لَقَد نَجَحتُ! إنَّها تَطفُو وتَسِيرُ! انظُروا إلى شِرَاعِها الذي تَملَؤُهُ الرِّيَاحُ! لَقَد نَجَحتُ! سَيكُونُ أبِي فَخُورًا جدًّا عِندَما يَرى سَفينَتِي.

بعدَ هَذا الحدَثِ السَّعِيدِ، لَم يَعُدْ أرحمة يُفارِقُ سَفِينتَهُ التي أَسعدَتهُ. كانَت دَائمًا في يدِهِ والضَّبُّ على كَتِفِهِ. هكذا ذَهبَ إلى المِينَاءِ لِيَستقبِلَ وَالِدَهُ الذي كانَ عَائِدًا مِن رِحلةِ تِجارَةٍ طَوِيلةٍ.

هَا هُوَ وَالِدُكَ يا أرحمة!
كَم أنا سَعيدَةٌ أنَّهُ عادَ إلينا
سالِمًا من سَفرِه الطَّويلِ.

إنِّي مُشتاقٌ لِرُؤيَتِه والحَدِيثِ مَعهُ،
سَيَتفاجأُ عِندَما يرى بَراعَةَ السَّفِينةِ
التي صَنعتُها! تُرَى، هَل جَلبَ لي
هَديَّةً جميلة مِن سَفرتِهِ؟

ما هَذا الذي سَمِعتُهُ عَنكَ يا أرحمة؟
لِماذا تَركتَ الدِّراسةَ؟!

لَم أعُد أَحتاجُ إلى الدِّراسةِ يا أَبي! انظُر،
لَقَد صَنعتُ سَفينَتِي بِغَيرِ مُساعدَةٍ ومِن
دُونِ دُروسٍ... وأنا قَادِرٌ على صُنعِ أكبرَ منها
والإبحارِ بها!

اسمَعْ يا بُنَيَّ، أنتَ تقُولُ إنكَ قادرٌ على الإبحارِ واكتِشافِ العالَمِ، لَكِنْ قُلْ لِي: هل تَعرِفُ الحِسابَ لِتعلمَ إذا كُنتَ أخذتَ كلَّ ما لكَ، ودَفعتَ كلَّ ما عليكَ؟
هل تَعرِفُ القِراءةَ والكِتابةَ لِتستطيعَ تَدوينَ ما يَحدُثُ على السَّفِينةِ، وما تَحمِلُ، ومَن عليها؟
لا.
هل تَعرِفُ كيفَ تَسيرُ الرِّياحُ حَسبَ المَواسمِ؟ وكيفَ تَستدِلُّ على طَريقِكَ بِمُساعدةِ النُّجومِ؟
لا.
لا.
هل تَعلَّمتَ لُغةَ مَن سَتُتاجِرُ معهم؟
لا.
سَنذهبُ لِنرى الشَّيخَ غدًا!
أهلًا يا أرحمة، أنا سَعيدٌ بِعودَتِكَ إلى المَدرسةِ، وأثِقُ أنَّكَ سَتقضي مَعَنا وَقتًا مُفيدًا ومُمتِعًا.
الحَقيقةُ يا شيخُ، سَأفعَلُ هَذا مِن أجلِ أبِي، ولِأتَعلَّمَ فَقط ما يُساعِدُني على الإبحارِ مَعهُ.
هَذا يَكفي! لَن تَعرِفَ قِيمةَ هَذهِ الدُّروسِ إلا عِندَما تُصبِحُ نوخذة، وستُدرِكُ كَم أنتَ مَحظُوظٌ.

بعدما عادَ أرحمة إلى حَياتِهِ الطَّبيعيَّةِ واطمَأنَّ قلبُ والدِهِ
عليهِ، هدَأتِ الحياةُ، ورَاحتِ العَائلةُ الصَّغيرةُ تَستمتِعُ بِالأيَّامِ
القَليلةِ التي سَيقضِيها الأبُ معها قبلَ أن يُبحِرَ مرةً أُخرَى.

أرحمة، أنا أَعلمُ أنكَ فتًى ذكيٌّ، وصاحبُ خُلقٍ حَسنٍ... وأنا مُؤمنٌ بِقُدُراتِكَ، ولَكِنِّي لا أُريدُ أن أَسمعَ أنكَ تركتَ الدِّراسَةَ مَرةً أُخرَى وخالَفتَ تَعليماتِ وَالدَتِكَ والشَّيخِ! اتَّفقنا؟

نَعَم يا أبي، أَعِدُكَ بِذلكَ، وسَتكونُ راضيًا عَنِّي!

ماذا نُسمِّي
العمُودَ الذي في
وَسطِ السَّفينةِ؟
نُسمِّيهِ السَّاريةَ أوِ الدَّقلَ.
ما الذي يُحرِّكُ السَّفينةَ الشِّراعيَّةَ
في البحرِ؟
الهَواءُ يا شَيخ.

وكيفَ يُحرِّكُ الهواءُ السَّفينةَ؟
ما اسمُ الرِّياحِ التي تُحرِّكُ السُّفنَ منَ الشَّرقِ إلى الغَربِ ومِنَ الغَربِ إلى الشَّرقِ؟
الهواءُ يَدفعُ الشِّراعَ والشِّراعُ يَدفعُ السَّفينةَ.
رِياحُ المَواسمِ.
ما الشَّيءُ الذي نَرميهِ في البَحرِ لِنمنَعَ السَّفينةَ منَ التَّحرُّكِ؟
كيفَ نَستدِلُّ على الاتجاهاتِ في الليلِ؟
بِالنُّجومِ.
المِرساةُ.
نَعَم.
هَل تَعرِفونَ مَواقعَ هَذهِ النُّجومِ في الليلِ؟

عَليكُم أنْ تَتمرَّنوا وتُقَوُّوا أجسَامَكم، فَالعقلُ السَّليمُ في الجِسمِ السَّليمِ، سَتحتاجُونَ إلى أَجسادٍ قَويَّةٍ.

كَبِرَ أرحمة، وفَعلَ كُلَّ ما كانَ يَطلُبهُ مِنهُ الشيخُ ووالِداهُ. كانَ يَتعلَّمُ كيفَ يَسيرُ الكَونُ، وكيفَ يَستطيعُ أنْ يُصبِحَ نوخذةً ناجِحًا. اكتَشفَ العَديدَ منَ الأشياءِ التي لَم يَكُنْ يَعرِفُها، معَ أنَّهُ لَم يَعترِفْ بِذلكَ قَطُّ. ومعَ الوَقتِ، حدثَ شَيءٌ فَاجَأهُ أكثرَ مِن أيِّ شَخصٍ آخرَ، فَقَدْ بَدأَ يَستَمتِعُ بِحياتِهِ الطَّبيعِيَّةِ كَفتًى عاديٍّ: يَلعبُ ويَتعلَّمُ ويَعملُ... ويَضحَكُ.

بَلَغَ أرحمة عامَهُ الخامِسَ عشرَ، وأصبحَ فتًى يافِعًا. ذَهبَ ذاتَ يومٍ إلى المِيناءِ معَ الشَّيخِ لِيَستقبلَ والِدَهُ الذي كانَ عائِدًا مِن رِحلَةِ تِجارَةٍ طَويلَةٍ.
حَمدًا لله على سَلامَتِكَ يا أبَا أرحمة. انظُر، لَقَد كَبِرَ ابنُكَ أرحمة، وأَصبَحَ اليومَ قَادِرًا على الإبحارِ للتِّجارةِ. إنَّهُ قويٌّ في عَقلِهِ وجَسدِهِ، ويَعرِفُ كلَّ ما يحتاجُهُ لِلتِّجارةِ.
أَتعتقِدُ ذلكَ يا شَيخَنا؟ حسنًا، سَيُبحِرُ أرحمة مَعيَ في رِحلَتِيَ المُقبِلَةِ.

وأخِيرًا، غادَرَ أرحمة
بَلدَتَه الصَّغيرةَ إلى عَوالِمَ
جَديدةٍ. كانَتِ الفَرْحَةُ
تَغْمُرُه، وقَضَى أيَّامًا طَويلةً
يَتأمَّلُ البِحارَ، ويَحلُمُ
بِما يَحمِلُه الغَدُ مِن
مُفاجَآت...

لَكِنَّه لَم يَحلُمْ بِمِثلِ هَذِه المُفاجَأةِ! فَبَعدَ أُسبُوعٍ مِنَ الإبحارِ، وَجَدَتِ السَّفينةُ الصَّغيرةُ نَفسَها في وَسطِ عاصِفةٍ عَنيفةٍ. وبَدَا أرحمة واثِقًا مِن نَفْسِه، فَبَدَأ يُعطِي الأوامِرَ لِتأمِينِ السَّفينةِ.
أَنزِلُوا الأَشرِعةَ! اربِطُوا البَضائعَ حتى لا تَسقُطَ في البَحرِ!
أمرُكَ سَيِّدي!

الحَمدُ لله! هَدَأتِ العاصِفَةُ. ها! انظُر إلى السَّماءِ يا أرحمة! ما أَروَعَ السَّماءَ بعدَ العَاصِفةِ! وما أَوضحَ النُّجومَ التي ستَدُلُّنا على طَريقِنا!

لَم أكنْ أتَخيَّلُ قَطُّ المُغامَراتِ التي عِشتُها في هَذهِ الرِّحلَةِ يا أولاد، والغَرائِبَ التي رَأيتُها في الهِندِ.. إنَّها فِعلًا بلدُ العَجائِبِ!
هَل كانتِ الرِّحلَةُ صَعبَةً يا أرحمة؟
الرِّحلَةُ تَحتاجُ إلى العَملِ الشَّاقِّ. لَكِنْ سَتشعُرونَ بِراحَةٍ كَبيرةٍ بَعدَما يَنتهي عَملُكُم وتَجلِسونَ لِتَتأمَّلُوا السَّماءَ لَيلًا. لَن تَتخيَّلُوا أبدًا كَم تَبدُو السَّماءُ كَبيرةً ونحنُ في وَسطِ المُحِيطِ.
لَكِنْ تخيَّلُوا ما رَأيتُ! الأَسواقُ تَعِجُّ بِالحَرايرِ المُلوَّنةِ الجَميلةِ والذَّهبِ اللامِعِ المُرصَّعِ بِالأحجَارِ الكَريمَةِ، ورائِحةِ البهَاراتِ النَّفاذَةِ، أمَّا الحَيواناتُ العَجِيبةُ فهَذهِ يَصعُبُ وَصفُها! هَل رَأيتُم فِيلًا مِن قَبلُ؟
لا يا أرحمة، لَم نَرَهُ. لَكِنِ احْكِ لنا كُلَّ شَيءٍ بالتَّفصِيلِ!

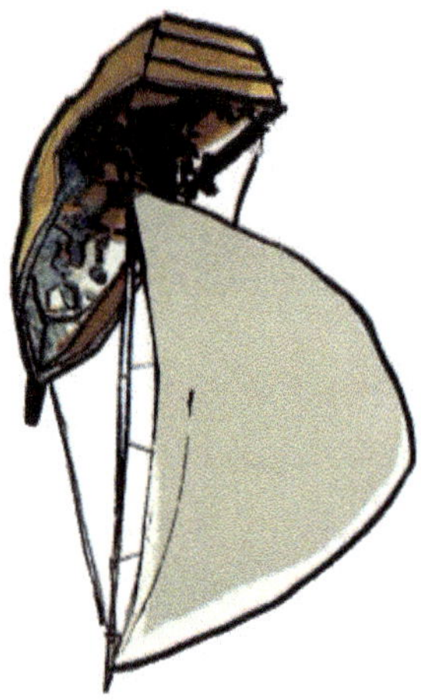